句集
春は曙

寺町志津子

朔出版

序に代えて——行動する貴種

安西　篤

寺町志津子さんの新著『春は曙』は、著者の第一句集である。
俳歴十六年の成果だから、まさに満を持しての上梓であった。ご本人の言によると、「発表したい思いからではなく、八十路に入り子や孫に私自身の生き様を残しておきたい、いわば遺言代わりの思いからでございます」とのこと。

八十代に入ったばかりの年齢は、個人差はあるものの、高齢化時代の最後の炎（ほむら）をかき立てる活動期といえるかもしれない。また俳句年齢という点に鑑みれば、俳句のキャリアは、生理年齢とは別の年輪を刻んでいるような気がしないでもない。つまり、高齢から俳句活動を始めた人々は、意外に初心の頃の若々しい感性を発揮する場合があり、生理年齢とは別の俳句年齢ともいうべきキャリアを踏んでいくことがあるのだ。俳歴十六年は一つの節目と感じてもおかしくはない。

寺町さんの経歴で特筆すべきは、中国東北地区（旧満州）の引揚者であることが挙げられる。引き揚げ当時の年齢は七歳であったから、記憶は定かではないかもしれないが、戦後の在満日本人引揚者の中では、稀にみる幸運の星の下にあったともいえる。

父上は、満鉄（当時の南満州鉄道）の技術者で、当時世界に誇る特急あじあ号の設計に携わっていたというから、恵まれた幼少時を送ったものと思われる。住居は遼東半島南端、日本の租借地大連であったから、「アカシアの大連」と歌われたほどの風光明媚な地に七歳まで在住。終戦の翌年の二月に、母上の実家広島県福山市に引き揚げた（後、広島市に転居）。これは，戦後の行方を明敏に察していた父上の判断によるものだった。残留した父上も、中国の元満鉄職員の配慮により、翌三月には引き揚げることが出来たという。これには父上の満鉄時代の現地人に対する人間味ある対応が幸いしていたらしい。

筆者もやはり旧満州南部の遼陽から、終戦の翌年八月に家族とともに引き揚げてきた経験をもつ。当時十四歳だったが、戦後一年間の残留日本人の地獄絵のような苦労を知るだけに、寺町さん一家が如何に幸運であったかと思わずにはいられない。しかしすべては父上の危機への対応力と、戦前から積まれた陰徳によってその幸運が呼び寄せられたのである。また満鉄会といわれる人脈の、文字通り鉄の団結力にも支えられて、戦後父上の起業された会社は特殊印刷機業界のトップ企業に成長した。それには寺町さんのご主人のご尽力もあったとお聞きしている。

寺町さん自身は、日本女子大学国文科を優秀な成績で卒業した才媛で、在学時代から作家舟橋聖一のアシスタントを務め、卒業後はＮＨＫ出版に勤務するなど、キャリアウーマンとしての道を選びたかったのではないかと思われるが、おそらく尊敬する父上の説得やご主人のお人柄もあって、卒業二年後に結婚することにしたのであろう。

幸福な結婚生活においては二人のご子息に恵まれ、それぞれ立派に育て上げられた後、三度にわたる癌の手術も克服し、健康を回復すると広島家庭裁判所の調停委員に就任、そこで出会った川崎益太郎氏を通じ、俳句の指導を受けるようになった。時に六十六歳。而来十六年の俳歴を閲している。

寺町さんの境涯をみるにつけ、何か「持っている運気」のようなものを感じざるを得ない。しかもその運気を捉えて、積極的に生きる人であった。その辺の呼吸は父上譲りかもしれない。まさにこの父にしてこの子というべきものだ。序文としてあえて冗長を厭わず、その実人生の一端に触れさせて頂いた所以である。

ここでまず、句集の表題『春は曙』の選題だが、いうまでもなく『枕草子』の冒頭部分からの引用であろう。もちろん句集の中の「春は曙みちのく漁りの力かな」から採ったものだが、国文学の素養のある作者に原典からの本歌取りがあったとみても不思議ではない。この句は、兜太師が述べているように、東北の漁業の復活を祝っているとともに、「春は曙」の美意識によって完成をみたのである。
『枕草子』の美意識は、主観的感動から発する韻文型でなく、客観的観察から鮮やかに切り取る散文型の発想である。これは寺町俳句にも一貫してみられるものである。

人にみな叙事詩抒情詩梅開く
去る者は追わぬ矜恃や鳥雲に
私がわたしを縛る捩れ花
雁渡し哀しみは哀しみもて癒す

この一連には、人間に対する鋭い省察に満ちた眼差しが光る。それは家裁調停委員の体験に根差すものであろう。しかもそこには、温かくユーモラスなヒューマニティに充ちたセンスが息づいている。

起承転まで面白きしゃぼん玉

フラミンゴ美しぎゃおと鳴く小春

土偶みな尖る乳首地虫出づ

逃水や知らん顔てふやさしさも

吾亦紅老いの饒舌ふと恥じる

日常の自然を詠みながら、そこにちょっとしたユーモラスなギャグ感覚を嗅ぎ取る。それは仕掛けというほどのものでなく、軽い見立てのようなものなのだが、そこに女性には珍しい知的はからいが働いている。「起承転」から「逃水」にいたる一連がそれだが、「吾亦紅」では、そういうはからいを「老いの饒舌」と恥じ入っている。もちろんその句の発想は、日常の具体感から発したものに違いないのだが、一連の四句に並べてみると、妙に作者の含羞がいじらしくなる。このナイーブさが作者の一つの魅力にもなっているのではないか。

父母に対する熱い思いを率直に書いているのも、この句集の特色だろう。

鳥語に虫語達者な老父畑を打つ

管まとい尊厳問う父在りし夏

父という絶対音感夏の破調
母逝けり大白鳥の一直線
母ならばどの道曲がる冬深し
仲良くが遺言のすべて冬紅葉
丸火鉢父母いたこっくりさんもいた

いずれも亡き父母に対する哀悼の念を、回想とともに書いているが、ここまで徹底して書き貫いている句集も珍しい。父母への思いの一方ならぬものを感ずる。それは同時に、父母の存在感が如何に大きかったかの証でもある。

次に、著者の在住した広島の歴史の悲しみへの思いを逸することは出来ない。それは「原爆忌」と題するV章六十句に凝縮されている。その中の幾つかを挙げておこう。

川トンボ君はヒロシマを知っているか
ふと影の無き人通る原爆忌
ぽつぽつと石語り出すヒロシマ忌

命とは朱夏のマリアの眼の洞（ほこら）
語り部の訛り重たし原爆忌
戦あるな手花火囲む孫四人
孫の手の温し銃など握らせぬ
地球美し命なお美しヒロシマ忌

この一連から、著者のこの地への思い入れの熱さを感じないわけにはいかない。実は筆者も、昭和二十四年から二十六年まで広島で高校時代を過ごした。その高校は、著者の学んだ比治山学園とはそれほど遠くない距離にあった。偶然のことだが、著者が小学校から中学校にかけての時期を、お互いまったく知らないまま近くで学んでいたことになる。だから回想の句であっても、その実感は痛いほどよくわかる。ケロイドを負った友人の幾人かを知っており、そのほとんどは時を経ずして亡くなった。痛恨の思いは今も消えない。同時に原爆許すまじの思いもまた。

最後に、著者の表現に賭ける想いを書いたと思われる一連を取り上げておこう。

九月尽まだ見つからぬ接続詞

シンプルイズベスト冬瓜煮ている

ライバルの三人いる幸ななかまど

起き抜けの一句真冬の頓服だ

なかんずく素数の海の雪明り

いずれも作句工房での体験を日常感覚により形象化したもので、こういう体験の日々を重ねて、この句集が成り立っているといえよう。この中で「なかんずく」の句などは、最短定型の語群を素数の塊りと捉えて一旦言葉の海に解き放ち、そこから汲み上げる五七五の韻律の海鳴りを、雪明りの海に聴いているのではないだろうか。

その雪明りの向こうには、明け行く春の曙の空が覗いている。寺町さんは、その光を示しながら、子や孫たちに、さあ私を乗り越えていってと檄を飛ばしているようにも見えて来る。

句集　春は曙　目次

〈ブックデザイン〉
アートディレクション　奥村靫正
デザイン　石井茄帆
ともにＴＳＴＪ

句集　春は曙

I 春愁

六十句

春はあけぼのツートントーンとお腹の子

保育器に初蝶のごとき嬰よ生きよ

春来る命等しく黄泉を背に

人にみな叙事詩抒情詩梅開く

蒼天のここが青山蕗の薹

天金の剝げし洋書や春立ちぬ

春兆す伸縮自在の胸一つ

天目のやさしき括れ紅椿

胎生のよう涅槃のよう暁けの闇

島影のあのあたりはや涅槃かな

如月やひょいと他界に行きし師よ

如月の衣に隠す化身かな

マチュピチュの音なき虚空二月尽

薄氷や涙はかくも軽く出て

譬えればボレロの如き花ミモザ

花ミモザ佳境へと入るフラメンコ

ペンギンの背中つるんと春走る

春一番モンローウォークを君知るや

春は曙みちのく漁りの力かな

みちのくや海愛しみて蘖ゆる

縄文の春光放つ土偶の眼

土偶みな尖(とんが)る乳首地虫出づ

麦青む活断層の裂けしまま

終戦後の引き揚げ船「興安丸」船上

日本だ佐世保の丘に麦の青

去る者は追わぬ矜恃や鳥雲に

『狭き門』胸疼きし頃は朧

菜の花菜の花ありきたりは嫌

菜の花や老年老い難く愉快

遺伝子の組み換えすすむ目借り時

原発や桜静かに立っている

うかうかと本音話して花疲れ

おそらくは含羞であろう捩菖蒲

母のいた時間空間花吹雪
来し方に折々の夢飛花落花

桜蘂降る校庭の学童碑

花ふぶき舞い落ちる間の大宇宙

淡海なり昔透蚕のようにかな
ふる里のふと遠ざかる春愁

魚鼓打てば猫出迎える春の宿

チューリップ大群落の一人ひとり

師逝けり黄泉路照らせよ花明り

花明りシスター歌うラブソング

ムスカリムスカリ存在感として楚々

白蝶のひらひら稚の踵かな

深山苧環ふと早世の友起ち来

逝きし犬朧の夜は還り来よ

逃げ水や知らん顔てふやさしさも

山でさえ笑うよ君も笑み給え

起承転まで面白きしゃぼん玉

ライラック祖母は馬上の祖父に恋

八十歳なんて嘘でしょ木瓜の花

ぼちぼちでよろしゅうおすえ葱坊主

春昼の芙美子の町に子猫かな

春惜しむ曇りガラスのよう望郷

老僧に妻の説教島の春

何方が天際ならん江の春

鳥語に虫語達者な老父畑を打つ

山畑は春のアトリエ爺一人

蛙鳴（あめい）やむ超新星より波動

風光る宇宙に行きたき子の眼

II

萍

六十句

初夏のキリン艶めく横座り

初夏の空許せるという安堵

しゅらしゅらと五月の素粒子湖わたる

萍の平べったさや議論果つ

うかうかと生きて今年も花は葉に

花は葉に妖怪のよう女偏

欠礼に小さき嘘あり花茨
牡丹の吐息が紡ぐ私小説

ルピナスや武人埴輪の小さき剣

自愛とはとうすみ蜻蛉のうすみどり

美々津往還蒼天に花桐

祖父までは土葬の日向桐の花

眼裏の大連アカシア並木かな

夢いつも帰るふる里箱眼鏡

はんざきやいつも後からくる怒り

熊谷の今宵永久にと麦の秋

大手毬咲くや兜太を語る会

私がわたしを縛る捩れ花

最初はグー後の人生七変化

へそくりを隠し金魚の目と合いぬ

「おう」「おう」と師の声秩父緑濃し

わが聖地となりし秩父や夏の天

蛍火や熊谷に師のありし頃

トラック島師の見し蜥蜴の命かな

まだ誰のものにも非ず虹の脚

万緑や十指に余ることばかり

アマリリス発声練習しています

つぶやきに似て十薬の花点々

神仏渾然とあり田水沸く

青鬼灯お手玉一つずつ消える

そのうちの二割怠ける蟻の列
蟻の列なべて小さき医師の文字

管まとい尊厳問う父在りし夏

父という絶対音感夏の破調

書斎から父を消せないきらら虫

誠実に生きし人なり棉の花

悠久の砂丘にひそと蟻地獄

尺取の屈伸愚直律儀かな

幾度も癒えて羅日和かな

晩節やたとえば合歓の花ならん

虞美人草以心伝心ショートする

一つ持つ月下美人になきものを

胡瓜みな元気に曲がり子だくさん

間諜のごとくに揚羽来て去りぬ

ポンポンダリア英語教師に憧れる

年甲斐もなくという癖草矢射る

頬杖は夢の止まり木遠花火

昼寝覚わたしのような私いて

鮎の香や尾張に灯屋てふ旅籠

正座して鮎の骨取るいごっそう

八十の夏には白いドレス着る

少女らの膕しるし草矢射る

愚直なり海月の自在なかりけり

四の五のと言ってる場合か百足出る

ひまわりひまわり自画像の目光る

向日葵や弱音吐いてもいいんだよ

夕焼けや切株のラジオより漫才

水羊羹ほどの交わり日々好日

日々好日ヘクソカズラの左巻き

たっぷりと笑う一日野萱草

III　接続詞

六十句

秋暑し五臓六腑を言うてみる

卒爾ながら正客の座に椿象

行間をはみ出す叔母来て秋暑し

秋の虹湾一円をゆるく抱く

フラミンゴ素っ頓狂に鳴いて秋

鷹柱父の背より力受く

花野行く言葉のリボン結ぶまで

大花野絵巻始まる私小説

尼が説く「不良のすすめ」猿酒

月夜茸女黙して火を抱く

月に海湖に月ある湖国かな

月天心思考の影の透き通る

不愉快の多くはジェラシー秋の雨

自尊心てふ不発弾鳳仙花

冬瓜や瞑想中です土間の隅

シンプルイズベスト冬瓜煮ている

秋天に球打つ坊様野球団

押しなべて丸きお尻や花野道

咲く度にふる里遠く曼殊沙華

内緒だよポッケの通草「はいかあさん」

何もなき部屋こそよけれ今日の月

師と仰ぐ人いる余生良夜かな

吾亦紅一度も聞かぬ母の愚痴

吾亦紅老いの饒舌ふと恥じる

里人はみな顔見知り赤とんぼ

間引き菜やその他と括られて気楽

星流る高原ＵＦＯ飛ぶ噂

星流る北病棟に明りかな

紫苑咲く平常心のごとく咲く

わが影よいつしか小さく水引草

もつれ合う秋蝶別れのタンゴかな

調停ならず家裁の裏の秋日陰

月の湖飛鳥はるかに水時計

雁渡し哀しみは哀しみもて癒す

母恋えばわたし見に来る竈馬

憚らず亡夫恋いて泣け虫の闇

竹馬の友逝くや白露の日なりけり

遠き日の夢の痂破蓮

蓑虫の宙ぶらりんという自由

天上大風鮭の目の睨みかな

歳時記の真砂女鷹女ら追う夜長

見守るようついてくる月礼を言う

柘榴の実自尊心てふ不発弾

風船葛十把ひとからげは嫌だ

老いし夫老いし妻看る十三夜

夜なべてふ祖母の運針かの戦

鳥渡るついにふる里捨てきれず

人はふと狂気に触れる烏瓜

栗落ちる宇宙に行きたき少年に

秋の翳朱唇仏よりふと吐息

ライバルの三人いる幸ななかまど

柿熟すいつも正念場のわたし

ひょんの実や泣き虫悦ちゃん今教授

ひょんの実やテンポ外れしままハモる

ピラカンサ名は成さねども友多し

モナリザにコレステロール零余子飯

星飛ぶや地球なくなる話など

人気なき砲台跡や秋深む

九月尽まだ見つからぬ接続詞

身の丈の空気いただく秋比叡

Ⅳ 淑気

六十句

短日や赤い鳥居は海の中

フラミンゴ美しぎゃおと鳴く小春

掌の語る人生日向ぼこ

虚と実の狭間ぼんやり冬の虹

しぐるるや勾玉の闇始まりぬ

真実はいつも後から冬の雷

山茶花散りしく遠くより海鳴り

なかんずく素数の海の雪明り

母に似て律儀に歌う子の聖夜

父の骨母の歯賜り冬麗

忘却てふ天恵のあり冬うらら

虚飾みな落として愉悦冬の山

星に佇ち冬のはずれにいる私

冬銀河地球もどきの星幾つ

手袋が落ちてる家庭裁判所

極月の法衣くるりと壁に入る

ブリキのバケツきれいに並び十二月

落葉踏むヴェルレーヌの直ぐそこに

冬ざれや古家お帰りなさいと言う

丸火鉢父母いたこっくりさんもいた

冬座敷わたしにものをいう人形

着ぶくれてだんだん薄くなる度胸

あじあ号駆ける冬野や若き父

煤払い書に挟まれて女文字

返り花中途半端な木曜日

生きるとは何段活用日短し

オギャアてふ一語の放つ淑気かな

幼子の語る初夢万華鏡

越前の朱塗り淑気の立ち上る

数の子は伊万里の皿に鄙の宿

元旦に逝きし母なり三日添う

母逝けり大白鳥の一直線

老いという未踏の山や初御空

墓所明るし秩父紅てふ福寿草

初春や天地人みなお酒好き

鮟鱇の皮切り離すよう結審

寒月光父を託して逝く母よ

母ならばどの道曲がる冬深し

ロシア菓子ペチカの前に考と妣

眼裏にペチカすすり泣く姑娘（くーにゃん）

仲良くが遺言のすべて冬紅葉

ふる里は俳句原点冬温し

ボロ市や暮らしの襞も値のうちに

湯豆腐と幾何を愛せし教師逝く

ともあれ冬芽紅きがうれしみちのくよ

勾玉や血分けし皇子の虎落笛

龍の目に潜む北斎冬の雷

寒雷やピシッと座れと父の声

ブリザードの基地に電文「アナタ」

シリウスや天への道ある古代地図

雪女郎美人の定義なけれども
まだ意地がありますわたし雪女郎

やわらかな拒絶水仙首折れて

凍蝶と宇宙時間を共にせり

寒月光眠狂四郎の剣の先

起き抜けの一句真冬の頓服だ

白鳥の来て絵となりぬ田一枚

ひっそりとあれど万両朱を誇り

忘れたることも忘れて日向ぼこ

寒卵こつんと運を頂きぬ

V　原爆忌

ヒロシマの祈り

六十句

川トンボ君はヒロシマを知っているか

八月六日月曜日の朝のこと

閃光の命貫く原爆忌

原爆忌バンアレン帯に綻び

死してなお子を抱く母や原爆忌

人格を芥の如く原爆忌

夏の朝電車を降りし少女逝く

万緑や三輪車の子行ったきり

原爆忌みんなみんな生きていたのに

万緑の街耳底に阿鼻叫喚

壁に罅蛇口一列原爆忌

原爆忌長寿社会を知らず逝く

原爆忌遠流のごとく病室に

『黒い雨』読むも独りの原爆忌

ふと影の無き人通る原爆忌

振り向けどだーれもいないヒロシマ忌

初恋も知らず逝きし子ヒロシマ忌

禎子の碑どこまでも空夏木立

これほどの夏木の影の子どもの碑
ヒロシマの緑つくづく命美し

ヒロシマの木々の緑や万の魂

大楠の威風堂々ヒロシマ忌

幾万の魂の慟哭蟬時雨

核廃棄掌からこぼれる蟬の殻

爆心地噴水ゆらぐ万の影

原爆忌誰かに呼ばれているような

万の椅子一つ一つの原爆忌

ぽつぽつと石語り出すヒロシマ忌

長崎にて　二句

命とは朱夏のマリアの眼の洞（ほこら）

八月のロザリオ天と地を繋ぐ

原爆忌水たっぷりと太田川

仏舎利のようドーム立つ原爆忌

ヒロシマに生きて八月六日かな

ヒロシマ忌生きて祈りてまた祈る

短夜のなお明けを待つ祈りの日

八・六の暁暗の星数を増す

八・六のサイレンを聞く独り聞く

哀しみを祈りにかえてヒロシマ忌

語り部の訛り重たし原爆忌

早暁の嗚咽老いたり原爆忌

兜太師の声蘇る原爆忌

兜太師の目玉深淵ヒロシマ忌

「一本の鉛筆」の歌ヒロシマ忌
八・六やケロイドの友ひそと逝く

核無きを祈るヒロシマ夾竹桃

焼け跡に爺鎮魂の立葵

爺婆（じじばば）の孫も語り部ヒロシマ忌

原爆忌子ら整然と登校す

原爆忌ポケットに亡母の診察券

八月の空汚すなよ子らがいる

戦あるな手花火囲む孫四人

孫の手の温し銃など握らせぬ

赤ヘルと歩みし平和ヒロシマ忌

語るべし語り続けよ原爆忌

原爆忌丁寧に書く板書かな

夾竹桃咲くピカドンを死語とせず

ヒロシマ忌核廃絶の日とならん
地球美し命なお美しヒロシマ忌

笑顔から平和生まれるヒロシマ忌
人間と書く八月の太き文字

句集　春は曙　畢

【鑑賞】

九月尽まだ見つからぬ接続詞

接続詞には参った。観念的かもしれないが心境よく解る。これに対し、意味的すぎる。抽象的に解釈すれば伝達性に苦しむ。

主宰は、いろいろ読めるからおもしろい。割り切れば良いというものではない。「接続詞」よい。

金子兜太

（「海程」４４９号より）

淡海なり昔透蚕のようにかな

「淡海」とは、淡水湖の琵琶湖のある旧国名の一つとされ、現在の滋賀県に当たる。「透蚕」は、孵化してから熟蚕になるまで約四週間かけて眠りと脱皮を繰り返し、その後桑を食べなくなって体が透き通ってくる状態をいう。この地域に根付いている蚕飼いの仕事から触発されたイメージで、昔の琵琶湖の映像を喩えている。この質感の喩えが十分にはわからなくとも、「透蚕」の繊細な美意識が妙に納得させられるから不思議だ。

安西　篤

（「海原」5号より）

管まとい尊厳問う父在りし夏

点滴用の管が数本取り付けられ、重病に耐えていた父。回復の望みはないままに医学の延命技術によって、単に生かされているだけだったに違いない。そこに人間として生きることの尊厳などない。そんな生かされ方に疑問を抱き、反発した父を見守るしかなかった。父にも家族にも辛い夏だった。

生の深淵を鋭く表現し、見事。

武田伸一

（「海程」448号より）

保育器に初蝶のごとき嬰よ生きよ

保育器だけでは月並みだが、「初蝶」を斡旋し生まれたばかりの可愛い、そして弱々しい赤子を彷彿させた力に感嘆した。

そこに、下五の「嬰よ生きよ」が切々と生きて欲しいと訴える思いを見事に表現。

川崎千鶴子

（広島県現代俳句協会第26回俳句大会作品集より）

跋　傘寿を超えて

川崎益太郎

私が寺町志津子さん（以下敬称略）と初めて顔を合せたのは、平成十二年四月に、私が転勤先の山口市から、広島家庭裁判所に再赴任した時で、志津子は同家裁の家事調停委員の中心的存在として活躍していた。

日本女子大文学部出身で、ＮＨＫ出版に勤務していた志津子に対し、俳句を勧めたのが出会いの始まりだった。志津子も俳句に関心があったらしく、当時、私の俳句、

落葉踏む真ん中という不安　　益太郎

に、痛く共鳴されたと話していた。
ここから志津子の俳句人生が始まる。

登載句を見ながら志津子の俳人としての足跡を辿ってみたい。
当然ながら家事調停を基にした句も多い。

調 停 な ら ず 家 裁 の 裏 の 秋 日 陰

調停が成立しなかったが、どこに原因があるのか、調停の進め方に問題が……とも自問自答している。

手 袋 が 落 ち て る 家 庭 裁 判 所

これまでの思い等を吐露し、興奮冷めやらぬ中、調停終了。当事者には、手袋は眼中になかったか。

極 月 の 法 衣 く る り と 壁 に 入 る

離婚裁判に参与員として、裁判官と並んで法壇に臨席した志津子。閉廷後、法服のまま、くるりと法廷の壁の裏に消える裁判官の景。参与員ならではの句であろう。

今は終刊した故金子兜太主宰の俳誌「海程」の全国大会が、平成二十四年五月に広島市で開催され、兜太を人一倍尊敬していた志津子の活躍は、目覚ましいものがあった。奇しくも同じ年の三月、東日本大震災それに伴う原発事故が発生し、東日本の会員の多くが欠席となるなど、対応に苦慮したが、何とか開催できた。これも志津子を始め　広島の会員の奮闘の賜物である。改めて当時のことを感謝したい。

春は曙みちのく漁りの力かな

原発や桜静かに立っている

みちのくや海愛しみて蘖ゆる

桜蘂降る校庭の学童碑

家事調停委員退任後、現在は東京に居を移している。しかし、志津子の原風景は広島にある。

春昼の芙美子の町に子猫かな

ふる里のふと遠ざかる春愁
ひょんの実や泣き虫悦ちゃん今教授
鳥渡るついにふる里捨てきれず
短日や赤い鳥居は海の中
冬ざれや古家お帰りなさいと言う

尊敬する兜太の死にも衝撃を受ける。

師逝けり黄泉路照らせよ花明り
わが聖地となりし秩父や夏の天
「おう」「おう」と師の声秩父緑濃し
師と仰ぐ人いる余生良夜かな

気配りの良妻賢母の見本のような志津子であるが、時に女としての内面を、口には出さず句に秘める。

初夏のキリン艶めく横座り

虞美人草以心伝心ショートする
尼が説く「不良のすすめ」猿酒
月夜茸女黙して火を抱く
歳時記の真砂女鷹女ら追う夜長
不愉快の多くはジェラシー秋の雨
自尊心てふ不発弾鳳仙花
まだ意地がありますわたし雪女郎
ひっそりとあれど万両朱を誇り

広島に原爆が投下された時は、六歳で、他所で暮らしていて、被爆は免れたが、長い広島市での暮らしから、原爆は避けて通れないという気持が生まれ、句集を編むに際して、春夏秋冬の各項以外に、「原爆忌」という一項を立てた。

ヒロシマに生きて八月六日かな
ヒロシマ忌生きて祈りてまた祈る
人間と書く八月の太き文字

兜太師の目玉深淵ヒロシマ忌

一九七四年、志津子より二歳年上の美空ひばりが、第一回広島平和音楽祭で歌った「一本の鉛筆」の歌。

「一本の鉛筆」の歌ヒロシマ忌

ここまで俳句を元に俳人志津子を辿って来たが、傘寿を超えてなお、衰えぬ俳句に対する情熱。今は東京に居を構え、兜太の後継誌「海原」の主要同人として、東京例会等でもその実力を遺憾なく発揮されている。これからも俳句という魔物の真を求めて今日も歩を進める。

最後に数多き共鳴句から引かせていただき、句集上梓の祝辞と今後のご健吟を祈念する言葉としたい。

八十歳なんて嘘でしょ木瓜の花

八十の夏には白いドレス着る

起承転まで面白きしゃぼん玉

春来る命等しく黄泉を背に

まだ誰のものにも非ず虹の脚

令和三年九月

喜寿傘寿卒寿白寿と福寿草　　益太郎

あとがき――徒然なるままに

句集『春は曙』をお読みいただきありがとうございます。

上梓にあたり、安西篤先生、川崎益太郎先生にはご多忙の中、過分なる序文、跋文を賜りました上に、温かなアドバイスやお励ましをいただき、句集を完成させることができました。誠にありがたく、心よりお礼を申し上げます。

未熟な私が句集を編もうと思い立ったきっかけは、二年前の一月十八日、八十歳の誕生日にあります。

八十歳なんて嘘でしょ木瓜の花

という思いで迎えた誕生日でしたが、子や孫達から誕生祝いに貰った寄せ書きの色紙に「俳句がんばってください」の一文があり、子や孫達は苦吟する私を見てくれていたのだと嬉しく思ったものでした。

その後、次第に子や孫達に何を残すことができるだろうかと考えるようになり、思い至ったのが俳句でした。駄句ばかりながら折々の句に、折々の自分の生き様があるのではないか、自分の生きた証として、夫への感謝を込めた句集を子や孫達に残したいと思うようになった次第です。

益太郎先生にご相談したところ、千鶴子夫人共々大変お喜びくださり、お心のこもったアドバイスをいただき思い切りました。


俳句を始めて十六年になります。きっかけは、広島家庭裁判所調停協会の機関誌「レターひろしま」に掲載の、

落葉踏む真ん中という不安
原爆忌亡父乗る電車とすれ違う

という益太郎先生の御句に惹かれたことにあります。

俳句は、中学時代に教科書で習った蕪村の「愁ひつつ岡にのぼれば花いばら」に心惹かれ、大学では中島斌雄教授の「近世文学」を楽しく受講。NHK出版編集局学校放送課に勤務の折、中村草田男先生に、教科書にも掲載された

「校塔に鳩多き日や卒業す」について原稿を執筆いただいたこともあり、身近に感じてはいましたが、句作したことはありませんでした。

思い切って益太郎先生にご指導をお願いしました。現職時代の先生は、広島家庭裁判所事務局長の要職に就かれていましたが、退官後、調停委員となられました。先生の俳句のご指導は大変分かり易く、疑問、質問に丁寧にお答えくださり、その様子にあっという間に参加者が増えて、調停委員控室の一隅で句会が始まりました。時に夕陽を浴びながらの光景を懐かしく思い出します。

一年後、益太郎先生主宰の「ひろしま句会」に入会しました。毎月の句会での先生ご夫妻は、ご自分達の句より私達会員の句への気配りを主とされ、ユーモア飛び交う楽しい句会でした。入会して一年くらい経った頃、先生から「金子兜太先生の『海程』という結社に入会しないか?」とのお話があり、心底びっくりしながら、全員入会させていただきました。

「海程」に入って間もなく比叡山勉強会（平成二十年九月）があり、兜太先生に初めてお目にかかりました。その折の、

九月尽まだ見つからぬ接続詞

が、思いがけなく兜太師の選に入り、「例会三賞の新人賞候補」(「海程」451号掲載)となりましたのは大変嬉しい驚きでした。

また、翌年の志摩全国大会で詠んだ、

妖 怪 の よ う 女 偏 花 は 葉 に

が兜太師の佳作入選(「海程」466号掲載)。先生は上句と下句を入れ替え「花は葉に妖怪のよう女偏」と修正され、「中七が私の感覚と似ている」と評されて話がどんどん発展し、師のユーモア溢れる解釈に大笑いの渦となりました。

「海程集」時代は、句の掲載順位が模擬テストの順番のように思われ、毎号ドキドキしながらページを開いておりましたが、武田伸一先生のご選評に実に多くを学ばせていただき、

年 甲 斐 も な く と い う 癖 草 矢 射 る　(「海程」495号)

の句で巻頭をいただいたときの嬉しさは一入でした。

そして今、俳句を作ってきて本当によかったと思います。短い期間とはいえ、兜太先生にご縁をいただいた幸運に感謝しながら、俳句に導いてくださった益

太郎先生ご夫妻、「海原」誌上及び句会等でご指導いただいている安西篤先生、武田伸一先生、そして句友の皆様の温かさをしみじみ実感し、心豊かな思いでおります。

またこの度、安西先生に序文をお書きいただいて、誠に嬉しい発見がありました。私は満州の大連で生まれ、戦後、日本に引き揚げましたが、何と安西先生も戦後、満州から引き揚げておられたのです。加えて、安西先生が高校生の頃、私は小学生でしたが、同じ広島市に住まいし、先生と私はそう遠くない学校に通学していたことが分かり、ご縁の妙に感動しながらご指導を仰いでおります。

出版は、兜太先生最後の句集『百年』を刊行された朔出版にお願いしました。先年、秩父で行われた「兜太百年祭」で初めてお目にかかった鈴木忍様の爽やかなお人柄と編集のセンスに、もし句集を出すことがあれば是非お願いしようと決めておりました。上梓にあたり、編集・造本にご配慮くださった鈴木様、装丁を引き受けてくださった奥村靫正氏に心から感謝申し上げます。

また、日頃の句作や句集制作に没頭する私を、いつも大らかに包んでいてくれる夫と子らに感謝しています。刊行の暁には、百人一首が好きで諳んじていた父、女学校時代学んだ短歌や英文の詩を教えてくれた母の墓前に本書を捧げたいと思います。

いずれ他界に参り、兜太先生にお会いできました折には、少しでも良い句をお見せできるよう精進いたす所存です。

今後とも何卒よろしくお願い申し上げます。

令和四年一月吉日

寺町志津子

平成 23 年 5 月
「海程全国大会 in 広島」開催の折、広島平和記念公園にて
左から金子兜太師、著者、川崎千鶴子氏

著者略歴

寺町志津子（てらまち　しづこ）

昭和14年1月18日　旧満州大連市生まれ
昭和21年2月　大連より父方祖母・妹と三人で帰国
昭和21年3月　父母・弟　帰国
昭和32年4月　日本女子大学文学部国文学科入学
昭和35年5月　成瀬賞（大学創立者に因む）受賞
昭和35年9月〜昭和36年3月　作家舟橋聖一氏（「平家物語」全編歌舞伎戯曲化）アシスタント
昭和36年3月　日本女子大学卒業
昭和36年4月　NHK出版編集局就職
平成10年4月　広島家庭裁判所調停委員就任
平成17年9月　川崎益太郎氏の俳句に出会い師事
平成18年9月　「海程」入会
平成22年4月　公益社団法人家庭問題情報センター（FPIC）入会
平成22年9月　「FPIC広島ファミリー相談室」立ち上げ
平成24年7月　第21回ヒロシマ平和祈念俳句大会　広島県知事賞受賞
平成26年7月　「海程」同人
平成30年9月　「海程」の後継誌「海原」入会
現　在　「海原」同人　現代俳句協会会員

現住所　〒154-0023 東京都世田谷区若林5-23-4

句集　春は曙　はるはあけぼの

2022年1月18日　初版発行

著　者　　寺町志津子

発行者　　鈴木　忍

発行所　　株式会社 朔（さく）出版
郵便番号173-0021
東京都板橋区弥生町49-12-501
電話　03-5926-4386
振替　00140-0-673315
https://saku-pub.com
E-mail　info@saku-pub.com
印刷製本　中央精版印刷株式会社

ISBN978-4-908978-75-3　C0092